Hubert Christian Ehalt · Konstanze Fliedl ·
Daniela Strigl
Ruth Klüger und Wien

Wiener Vorlesungen im Rathaus

Band 182
Herausgegeben für die Kulturabteilung der Stadt Wien
von Hubert Christian Ehalt

Vorträge in der Universität Wien
am 11. Juni 2015
(Verleihung des Ehrendoktorats der Universität Wien)
und im Wiener Rathaus
am 12. Juni 2015
(Verleihung des Paul-Watzlawick-Ehrenrings)

Hubert Christian Ehalt
Konstanze Fliedl
Daniela Strigl

Ruth Klüger und Wien

Picus Verlag Wien

MIX
Papier aus verantwortungsvollen Quellen
FSC® C012536
FSC
www.fsc.org

Gedruckt nach der Richtlinie des
Österreichischen Umweltzeichens
„Druckerzeugnisse“,
Druckerei Theiss GmbH, Nr. 869

Grafische Gestaltung: Dorothea Löcker, Wien
Druck und Verarbeitung:
Druckerei Theiss GmbH, St. Stefan im Lavanttal
ISBN 978-3-7117-3002-2

Informationen über das aktuelle Programm
des Picus Verlags und Veranstaltungen unter
www.picus.at

Die Wiener Vorlesungen im Rathaus

Am 2. April 1987 hielt der bedeutende polyglotte deutsche Soziologe Prof. Dr. René König im Rahmen der Tagung »Wien – die Stadt und die Wissenschaft« einen Vortrag im Wiener Rathaus zum Verhältnis von Stadt und Universität. In seinem Referat gab René König den Akteurinnen und Akteuren der Wiener Stadtpolitik und -verwaltung den Rat, Wien möge ihre Universitäten als Impulsgeber intellektueller Kultur in die Stadt »einnisten«. Die Stadt Wien folgte diesem Ratschlag durch die Initiierung zahlreicher Förderungsinitiativen, durch die Gründung von sechs neuen Wissenschaftsförderungsfonds, durch die Wissenschaftsfundierung ihrer Verwaltungsarbeit und last but not least durch eine Vortragsreihe, die »Wiener Vorlesungen«, das Dialogforum der Stadt Wien an der Schnittstelle zwischen Wissenschaft und Öffentlichkeit.

Die Wiener Vorlesungen beschäftigen sich mit den großen wissenschaftlichen und intellektuellen Fragen der Zeit. Die Wissenschaften kommen in immer kürzeren Zeiträumen zu eindrucksvollen Ergebnissen, die sehr oft in für Bürgerinnen und Bürger interessante Anwendungen münden. Die Wirksamkeit der Wissenschaften bietet aber auch Probleme, die jedenfalls in immer stärkerem Maß eine Auseinandersetzung der Öffentlichkeit mit Voraussetzungen und Folgen von Forschung notwendig machen.

Aus den Wiener Vorlesungen ist ein intellektuelles Netz aus Veranstaltungen, Publikationen und TV-Sendungen geworden. Die Vorlesungen waren als Projekt der Wissen-

schaftsvermittlung, der Aufklärung, aber auch der Kritik geplant, und sie arbeiten an diesen Zielsetzungen durch ständige Selbstreflexion, Methoden- und Formatwechsel, vor allem aber durch die Einladung von Vortragenden, die eine interessante Botschaft haben. Somit war und ist das Konzept der Wiener Vorlesungen von Beginn der Initiative an klar und prägnant: Prominente Denkerinnen und Denker stellen ihre Analysen und Einschätzungen zur Entstehung und zur Bewältigung der brisanten Probleme der Gegenwart zur Diskussion. Die Wiener Vorlesungen skizzieren nun seit Anfang 1987 vor einem immer noch wachsenden Publikum in dichter Folge ein facettenreiches Bild der gesellschaftlichen und geistigen Situation der Zeit. Das Faszinierende an diesem Projekt ist, dass es immer wieder gelingt, für Vorlesungen, die anspruchsvolle Analysen liefern, ein sehr großes Publikum zu gewinnen, das nicht nur zuhört, sondern auch mitdiskutiert.

Das Wiener Rathaus, Ort der kommunalpolitischen Willensbildung und der Stadtverwaltung, verwandelt bei den Wiener Vorlesungen seine Identität von einem Haus der Politik und Verwaltung zu einer Stadtuniversität. Das Publikum kommt aus allen Segmenten der Bevölkerung; sehr viele Zuhörerinnen und Zuhörer sind in den akademischen Feldern der Universitäten beheimatet; das Wichtige an diesem Projekt ist jedoch, dass auch sehr viele Menschen zu den Vorträgen kommen, die sonst an wissenschaftlichen Veranstaltungen nicht teilnehmen. Das Rathaus ist ein guter Vortragsort, viele Besucherinnen und Besucher der Wiener Vorlesungen identifizieren das

Rathaus als einen »Ort ihrer Angelegenheiten« und sie verstärken durch ihre Anwesenheit den demokratischen Charakter des Hauses.

Die Referentinnen und Referenten der Wiener Vorlesungen sind Persönlichkeiten, die ihre Wissenschaft und ihr Metier durch die Fähigkeit bereichert haben, Klischees zu kritisieren und zu zerschlagen und weit über die Grenzen ihres Faches hinauszusehen. Das Besondere an den Wiener Vorlesungen liegt auch in dem dichten Netz an kollegialen und oft freundschaftlichen Banden, die die Stadt zu einem wachsenden Kreis von Forscherinnen und Forschern und Intellektuellen in aller Welt knüpft.

In den 28 Jahren des Bestehens der Wiener Vorlesungen ist das Interesse an Wissenschaft ständig gewachsen. Die Wiener Vorlesungen haben dieses Interesse aufgegriffen und verstehen sich zunehmend als Schnittstelle zwischen der Forschung und einer an Wissenschaft interessierten Öffentlichkeit.

Die Vortragenden – bisher etwa sechstausend – kamen und kommen aus allen Kontinenten, Ländern und Regionen der Welt, und die Stadt Wien schafft mit der Einladung prominenter WissenschaftlerInnen eine kontinuierliche Einbindung der Stadt Wien in die weltweite »scientific community«. Für die Planung und Koordination der Wiener Vorlesungen war es mir stets ein besonderes Anliegen, diese freundschaftlichen Kontakte zu knüpfen, zu entwickeln und zu pflegen.

Das Anliegen der Wiener Vorlesungen war und ist eine Schärfung des Blicks auf die Differenziertheit und Wider-

sprüchlichkeit der Wirklichkeit. Sie vertreten die Auffassung, dass Kritik ein integraler Bestandteil der Aufgabe der Wissenschaft ist. Eine genaue Sicht auf Probleme im Medium fundierter und innovativer wissenschaftlicher Analysen dämpft die Emotionen, zeigt neue Wege auf und bildet somit eine wichtige Grundlage für eine humane Welt heute und morgen. Das Publikum macht das Wiener Rathaus durch seine Teilnahme an den Wiener Vorlesungen und den anschließenden Diskussionen zum Ort einer kompetenten Auseinandersetzung mit den brennenden Fragen der Gegenwart, und es trägt zur Verbreitung jenes Virus bei, das für ein gutes politisches Klima verantwortlich ist.

Die Wiener Vorlesungen analysieren mit dem Wissen um die unterschiedlichen zeitlichen Bedingungshorizonte der Gegenwart (Naturgeschichte, Sozialgeschichte, Ereignisgeschichte) die wichtigen Probleme, die wir heute für morgen bewältigen müssen. Wir sind uns bewusst, dass die Wirklichkeit der Menschen aus materiellen und diskursiven Elementen besteht, die durch Wechselwirkungsverhältnisse miteinander verbunden sind. Die Wiener Vorlesungen thematisieren die gegenwärtigen Verhältnisse als Fakten und als Diskurse. Sie analysieren, bewerten und bilanzieren, befähigen zur Stellungnahme und geben Impulse für weiterführende Diskussionen.

Hubert Christian Ehalt

Hubert Christian Ehalt
Konstruktivismus als Humanismus

Im Jahr 1938 kulminierte der historische Prozess der Zerstörung der Demokratie in Österreich, der nationalen Identität und Integrität Österreichs im sogenannten »Anschluss« an das Dritte Reich. Für Wien war 1938 besonders folgenschwer. Die intellektuelle und geistige Kultur, die sich in den letzten Jahrzehnten des 19. Jahrhunderts – von der liberalen Ära bis zum Roten Wien der Zwischenkriegszeit – herausgebildet hatte, wurde zerstört. Jüdische Bürgerinnen und Bürger, die zum Teil wichtige Träger und Vermittler dieser Kultur der Wiener Moderne waren, wurden vertrieben.

Für die im Jahr 1987 gegründeten Wiener Vorlesungen war es ein Hauptanliegen, Persönlichkeiten einzuladen, die ihre Wurzeln in Österreich hatten und durch den Naziterror zu Flucht, Emigration und Exil gezwungen worden waren. Noch im Jahr 1987 war der berühmte Psychoanalytiker und Märchenforscher Bruno Bettelheim Referent bei den Wiener Vorlesungen. Das Anliegen, Emigrantinnen und Emigranten zu Vorträgen einzuladen und von ihnen über ihre Kindheit und Jugend in Wien, ihre Vertreibung, über ihr Exil und über ihre aktuelle Perspektive auf ihre Geburtsstadt und ihr Geburtsland zu hören, hat das Projekt bis heute begleitet.

Ruth Klüger, geboren am 31.10.1931 in Wien, hat die Wiener Vorlesungen mit ihren Vorträgen, ihren kritischen Reflexionen auf Zeit und Zeitgeschichte, auf historische und literarische Texte und ihre Rezeption, last but not least auf ihre Heimatstadt, aus der sie durch den Nationalsozialismus und seine Protagonistinnen und Protagonisten vertrieben wurde, seit 1994 begleitet. Bei den Wiener Vorlesungen hat sie über »Missbrauch der Erinnerung. Zum heutigen Umgang mit NS-Verbrechen« (21.11.1994), über »Dichter und Historiker: Erzählte Wirklichkeit (oder Wahrheit?) von Schiller bis zur Holocaust-Literatur« (24.3.1999), über »Schnitzlers Damen, Weiber, Mädeln, Frauen« (25.5.2000), über »›Ein alter Mann ist stets ein König Lear‹. Alte Menschen in der Literatur« (21.5.2003), über »Erlesenes Wien wie seine Dichter es sahen und sehen« (20.10.2003), »Spurensuche von damals bis jetzt« (1.3.2005), über »Andenken – anders denken« (11.6.2007), über »Studium und Gebrauch der deutschen Sprache nach der Shoah« (29.4.2008) gesprochen. Zu ihrem achtzigsten Geburtstag hielt Ruth Klüger am 28.10.2011 einen Vortrag über »›Die Zeit, die ist ein sonderbares Ding.‹ Freuds Ödipus im androgynen Rosenkavalier«.

Anlässlich ihrer Auszeichnung mit dem Paul-Watzlawick-Ehrenring der Ärztekammer für Wien und durch ein Ehrendoktorat der Universität Wien war Ruth Klüger am 12.6.2015 zum zehnten Mal bei den Wiener Vorlesungen. Ich habe mit ihr ein Gespräch zum Thema

»Wien Geschichten. Erlebt, erzählt, erdichtet« geführt. Ihre Beiträge waren durchwegs Beispiele genauer Beobachtung, kritischer Betrachtung und origineller Interpretation. Meine abschließende Frage an Ruth Klüger, ob man nicht Woody Allen einladen sollte, nach seinen Filmen über Barcelona (»Vicky, Christina, Barcelona«), Rom (»To Rome With Love«) und Paris (»Midnight in Paris«) einen Film über Wien zu machen, hat sie begeistert aufgenommen. Sie könnte sich, so Klüger, vorstellen, den jungen Sigmund Freud bei seinen Spaziergängen durch das Wien der siebziger Jahre des 19. Jahrhunderts beim Sammeln von Fehlleistungen zu begleiten. Da sehe ich jedenfalls schon meine Bitte um den nächsten Vortrag von Ruth Klüger in Wien: »Wiener Fehlleistungen«.

Ruth Klüger hat das Ehrendoktorat der Universität Wien erhalten; die Laudatio hielt Konstanze Fliedl. Die Laudatio auf Ruth Klüger für den Paul-Watzlawick-Ehrenring hat Daniela Strigl gehalten. Beide Kolleginnen waren gerne bereit, ihre Texte den Wiener Vorlesungen für die nun vorliegende Publikation zur Verfügung zu stellen. Und auch Ruth Klüger hat mir ihre Dankesworte nach den Überreichungen für die Publikation überlassen, und so zeichnet dieser Band ein feines und akzentuiertes Porträt der Preisträgerin.

Die Titel der Vorträge Ruth Klügers bei den Wiener Vorlesungen, aber auch alle ihre Publikationen zeigen, warum die Jury zur Ermittlung der Paul-Watzlawick-Ehrenring-Trägerin Ruth Klüger gewählt hat: Paul Watzlawick, nach dem diese Ehrung der Wiener Ärztekammer, die unter Mithilfe der Stadt Wien und der Wiener Vorlesungen ausgerichtet wird, benannt ist, hat das wissenschaftliche Weltbild mit seinen pointierten Gedanken über Wirklichkeit und die Möglichkeit, Wirklichkeit wahrzunehmen, wesentlich geprägt. Er hat eindrucksvoll darauf hingewiesen, dass die individuelle, die kollektive, aber auch die wissenschaftliche Wahrnehmung der Welt nicht die Möglichkeit, ja nicht einmal die Chance bietet, die Wahrheit beziehungsweise die Wirklichkeit der Wirklichkeit zu erkunden, zu ermitteln, zu beschreiben. Watzlawick hat das mit anschaulichen Beispielen für die Welt der Kommunikation und der menschlichen Beziehungen dargestellt.

Die Kulturwissenschaften haben seit den siebziger Jahren des 20. Jahrhunderts fast durchgehend eine konstruktivistische Wende durchgemacht, die die Wissenschaften vom Menschen neu gestaltet hat. Die Geistes-, Sozial- und Kulturwissenschaften agieren in den letzten Jahrzehnten im Sinne eines »linguistic turn«. Die Wissenschaft ist sich darüber bewusst geworden, dass das Wissen über das Handeln der Menschen, über Aktion und Interaktion, über Geschehnisse, Ereignisse, über die es auch einen Faktenbefund gibt, im Wesentlichen »nur« in Gestalt von Texten existiert. Die kulturelle und gesellschaftliche Wirklichkeit haben eine Dramaturgie oder jedenfalls eine Begleitschrift in Texten – das in unterschiedlichen Zusammenhängen gesprochene Wort, das geschriebene Wort, das Protokoll, die

Handlungsanweisung in Gestalt von Beschreibungen und Ratgebern, der literarische Text, der Akt als Dokument von Rechts- oder Verwaltungshandlungen; diese Aufzählung lässt sich beliebig erweitern. Man ersieht daraus, dass fast alles, was geschieht, was getan wird, was gedacht wird, was geplant wird, einen »Begleittext« hat, in Gestalt eines Textes dargestellt werden kann. In den Texten spiegeln sich alle Ideen, Gedanken, Werte und Normen rückwärtsgewandt, gegenwarts- und zukunftsbezogen.

Die Texte sind jedenfalls nicht das »Wesen« dessen, was geschieht. Sie haben ihre Beziehung zu konkreten Sprachen und Codes, zu Wort-, Wert- und Normenbeziehungen, die sich entwickeln, zu Begrifflichkeiten, deren Inhalte sich ununterbrochen ändern. Die Analyse der Texte mit unterschiedlichen qualitativen Verfahrensweisen erlaubt eine Annäherung an Lebenswelten. Qualitative und quantitative Verfahrensweisen der Analyse können (und sollen) einander durchwegs ergänzen.

Der Mensch lebt als animal symbolicum stets in einer Welt mehrfacher und unterschiedlicher Bedeutungen. Das Erlebte und die Beschreibung des Erlebten sind für die Handelnden immer in vielfacher Weise ambivalent. Es gibt definitiv keinen Bereich in den Lebens- und Handlungswelten der Menschen, der sich dieser für das menschliche Tun konstitutiven Ambivalenz entzieht. In diesem Sinn haben der Konstruktivismus und seine Anwendung in den Geistes-, Sozial- und Kulturwissenschaften die wissenschaftliche Weltauffassung seit den sechziger Jahren des 20. Jahrhunderts entscheidend bereichert, erweitert, aber auch humanisiert, weil die Postulierung von Wahrheiten und der Wahrheitsanspruch als Erkenntnisziel zurückgedrängt und die Kontextualisierung eingefordert wurde und wird.

Ruth Klüger hat als Germanistin den Unterschied zwischen Geschehenem und erzählter Wirklichkeit, zwischen den Wahrheiten der Betroffenen und den Fiktionen stets einer genauen und differenzierten Analyse unterzogen.

Die Wiener Vorlesungen gratulieren Ruth Klüger zum Paul-Watzlawick-Ehrenring der Ärztekammer für Wien und zum Ehrendoktorat der Universität Wien. Ich persönlich danke Ruth Klüger für ihr jahrzehntelanges Wirken als »permanent fellow« der Wiener Vorlesungen, als Kulturvermittlerin zwischen den USA und Österreich und zwischen der Literatur und der Geschichte und ihren Textformen. Und ich danke Konstanze Fliedl und Daniela Strigl für die Mitwirkung an der Gestaltung dieses Porträtbands.

Konstanze Fliedl
Vom Umgang mit Menschen[1]

Im Jahr 1996 erschien ein Text von Ruth Klüger, der mich wundernahm, eine Vorlesung nämlich zu Adolph von Knigges *Vom Umgang mit Menschen*. Nun ist der originale Knigge von 1788 ja etwas anderes als das Benimmbuch, zu dem er im 19. Jahrhundert umredigiert wurde, nämlich ein Kompendium zum grundsätzlichen Verhalten in sozialen Situationen. Umgangsformen beruhen, so hieß es ursprünglich, auf den »Pflichten«, »die wir allen Arten von Menschen schuldig sind, und wiederum von ihnen fordern können«. Warum will jemand, der schon als kleines Kind erlebte, wie gegen diese Pflichten auf das Grauenhafteste und Grausamste verstoßen wurde, sich der Mühe unterziehen, diese Schrift zu würdigen? Eine Schrift, die mit ihrem Bestreben, zum Prozess der Zivilisation unter den Deutschen beizutragen, ganz offenbar kläglich gescheitert ist? Ruth Klügers Text hat diese Frage umgehend beantwortet: Dialektikerin, die sie ist, hatte sie an Knigges Buch selbst den Widerspruch von Aufklärung und Menschenverachtung wahrgenommen, den Gegensatz

1 Laudatio anlässlich der Verleihung der Ehrendoktorwürde der Universität Wien an Ruth Klüger.

von antifeudaler Polemik und der Abwehrhaltung gegenüber gesellschaftlichen Underdogs; für Knigge waren das, unter anderen, Juden und Frauen. Gutes Benehmen war das Privileg einer bestimmten »Art« von Menschen, und da liegt schon der Hund begraben: Diese Differenzierung ist bereits Diskreditierung.

Der Knigge-Essay ist für Ruth Klügers wissenschaftliche Arbeit bezeichnend: Da verlangt die »Pflicht« gegenüber dem Autor eine überaus genaue Lektüre, eine umfangreiche Kenntnis seines Gesamtwerks, einen gehörigen Respekt vor seiner Tätigkeit; die »Pflicht« der Leserin hingegen ist die schärfste Unterscheidung, eine auch ideologiekritische Befragung – das waren die Konstanten ihrer ganzen wissenschaftlichen Karriere. Ruth Klüger begann, nach einem Notabitur im Alter von fünfzehn Jahren, 1946 in Regensburg Germanistik zu studieren und setzte ihre Studien nach der Emigration in die USA 1947 zuerst am Hunter College in New York und dann in Berkeley fort, zunächst in Bibliothekswissenschaften und Englischer Literatur; sie war hinterher auch einige Zeit als Bibliothekarin eines Bücherbusses, als »bookmobile lady«, tätig. Danach nahm sie ein Doktoratsstudium auf und promovierte 1967 bei Blake Lee Spahr über das barocke Epigramm; über diese 1971 im Druck erschienenen Studie erklärte Ruth Klüger trocken, dass davon 350 Exemplare verkauft worden waren und sie dann eingestampft worden sei. Als sie allerdings Ehrendoktorin der Universität Göttingen wurde, habe sie der Laudator in der Hand gehalten. Ich möchte dies für Ruth Klügers künftige Ehrendoktoratsverleihungen zur Tradition machen und halte also das Exemplar in der Hand, das unsere Universitätsbibliothek besitzt. Ruth Klügers folgende Stationen als Hochschullehrerin waren Cleveland, Kansas und Virginia; 1980 wurde sie die erste Ordinaria des German Department an der Princeton University; ab 1986 lehrte sie an der University of California in Irvine. Sieben Jahre lang hat sie die wohl wichtigste Zeitschrift der »Auslandsgermanistik«, *The German Quarterly,* herausgegeben. Ab 1988 war sie Studienleiterin des deutsch-amerikanischen Austauschprogramms in Göttingen und dort auch Gastprofessorin.

Ihre Studien reichen von Grimmelshausen bis zur Gegenwartsliteratur, mit einem Schwerpunkt auf Kleist – eine Studie über dessen *Hermannsschlacht*, *Kleist's Treatment of Imperialism*, war übrigens der wichtigste Impuls für Claus Peymanns legendäre, 1987 am Burgtheater gezeigte Inszenierung. Und immer wieder schrieb Ruth Klüger über weibliche und jüdische Autoren und Figuren – über die wörtlich genommenen Underdogs. Zwei der Kleist-Aufsätze heißen auch so: *Die Hündin im Frauenstaat* – zu *Penthesilea* – und: *Die andere Hündin* – zu *Käthchen von Heilbronn*. An Kleists eigener Bildlichkeit wird entwickelt, was Männlichkeit und Weiblichkeit Ende des 18. Jahrhunderts bedeuteten und wie Kleist diese Gender-Konstruktionen – die hießen zur Zeit von Ruth Klügers Aufsätzen noch gar nicht so – auf abgründige Weise durcheinanderwirbelt. Das ist mit staunenswerter Präzision und Anschaulichkeit dargestellt – und vor allem mit sprachlicher Verve. Ruth Klügers Essays sind – im Unterschied zu so viel anderer Forschungsliteratur – ungemein lesbar und mehr als das: Sie sind kleine stilistische Meisterwerke. Auch in ihrer wissenschaftlichen Arbeit ist Ruth Klüger eine Sprachkünstlerin von Graden. Das ist umso bemerkenswerter, als sie über ihr Verhältnis zum Deutschen einmal schrieb:

»Für mich war die deutsche Sprache, samt ihrer Literatur, abwechselnd ein Rucksack, das portative Gepäckstück par excellence, in das man alles Gute und Schöne und Notwendige hineinstopfen konnte und das leicht mitzunehmen war, wohin es einen halt verschlagen würde. Und dann war sie wieder ein Buckel, ein Makel, den man loswerden wollte, aber nicht konnte, weil er nun einmal angewachsen war.«

In Ruth Klügers Fall führt diese Ambivalenz zu einem hoch entwickelten Bewusstsein im Umgang mit der Sprache und dem, was man mit ihr machen kann – nämlich nicht nur das Gute, Schöne und Notwendige, sondern auch das Böse, Hässliche und Überflüssige. Und da bleibt sie, bei aller Fairness zum Autor und seinem Werk, unbestechlich und aufrichtig: Ihr Aufsatz zu Erich Kästner etwa, 1987 erschienen, rüttelt an dem sakrosankten Image seiner Kinderbücher und zeigt, wie dort Sentimentalität mit verdruckster Männlichkeitspädagogik verwoben ist – eine Entmythologisierung, wie sie im Buche oder jedenfalls in Ruth Klügers Büchern steht. Denn sie hat sich erlaubt, auch »naiv« zu lesen, und das ist in der Wissenschaft nicht die Regel und wird manchmal blasiert als unprofessionell abgetan. Da verhält sich noch die elaborierteste Kulturtheorie manchmal wie die sogenannte Werkimmanenz nach 1945: Man dispensiert sich davon zu fragen: Welches sind denn die Einstellungen, die dieses Buch vermittelt, zu sozial Schwächeren, zu Fremden, zu Frauen? Von solchen Fragen hat Ruth Klüger nicht abgelassen, mit einer Energie der Gerechtigkeit, die Literatur als gesellschaftlichen Diskurs ernst nimmt.

Was die Form literarischer Texte betrifft, so hat Ruth Klüger aber auch hier eine Sensibilität erreicht, die kaum übertroffen werden kann. Sie hat sehr viele Gedichte mit einem eminenten Verständnis für ihre Technik und Machart interpretiert – unter anderen ihre eigenen. Aber ihre Schulung in der Poesie, das wissen wir, war eine fürchterliche: Als jüdisches Kind in Wien ins Versteck gezwungen, blieb ihr nichts anderes, als Gedichte auswendig zu lernen. Und dieser Vorrat hat sich als Überlebensproviant erwiesen: Elfjährig nach Theresienstadt deportiert, danach nach Auschwitz-Birkenau und schließlich nach Christianstadt, hat Ruth Klüger das stundenlange Stehen auf den Appellplätzen mit dem Sich-Aufsagen von Gedichten überstanden, und was sie davon schildert, ist eine existenzielle Poetologie der Lyrik: Das Gedicht ist, als gebundene Sprache, eine »Stütze« in der Regellosigkeit, in diesem Fall: im Chaos des KZs. Indem Verse die Zeit einteilen, machen sie sie auch vergehen, indem immer noch eine Zeile auf die andere folgt. Keine klassische Poetik hat die Würde und Daseinsberechtigung von Gedichtetem ähnlich plausibel gemacht: Dass man mit einer ästhetischen Form einer unaushaltbaren Zeit Herr werden kann. Profunder kann man den Charakter von Gedichten nicht erklären.

Ruth Klüger hat das in dem Buch *weiter leben* getan, 1992 erschienen, ein Text von immenser Wirkung, vielfach preisgekrönt, inzwischen selbst Gegenstand zahlreicher Interpretationen, wobei man oft überlegt hat, warum es innerhalb der sogenannten Holocaust-Literatur so einzigartig ist. Meine These wäre: Das Buch stellt die Erfahrung der Shoah zur Diskussion. Dieser Geschichtskatastrophe gegenüber gibt es ja zwei Formen von Sprachlosigkeit, das »offizielle« Schweigen, das in Österreich jahrzehntelang herrschte, und das individuelle Verstummen, wenn man mit den Berichten von Überlebenden konfrontiert ist: Was könnte man, unwillentlich immer noch verstrickt in die historischen Schuldzusammenhänge dieses Landes, dazu sagen? Demgegenüber ist die Botschaft von Ruth Klügers Buch: Redet darüber, macht Einwände, fragt mich. Es fordert dazu auf, nicht still zu sein, auch nicht aus Pietät. Es richtet sich als unglaublich großzügige Geste an die Nachkommenden, indem es Kindern der Opfer und Kindern der Täter zur Einfühlung verhilft. Was dem Buch dabei völlig fehlt, ist das Pathos des angemaßten Vergebens. Ruth Klüger pflegt zu sagen, dass sie nicht im Namen anderer, der Opfer und deren Nachkommen, verzeihen kann. Denn die absolute Inhumanität ist nicht verzeihlich, auch nicht begreiflich: Was die Täter antreibt, bleibt bei aller Luzidität des Buches opak, ein undurchdringliches Rätsel. Für Ruth Klügers Schreiben gibt es ein Apriori: Dass der Mensch, und zwar jeder Mensch, zu respektieren sei. Ein barbarischer, irrationaler Rückfall hinter diese rationale Devise ist mit den Mitteln der Ratio selbst nicht ergründbar.

Ruth Klügers Anweisung an die Nachgeborenen, die das unverdiente Glück haben, nicht mehr unter totalitärer Erpressung zu leiden oder an ihr mitzuwirken, ist schlicht: Benehmt Euch! Im zweiten autobiografischen Band, *unterwegs verloren* von 2008, heißt es einmal:

»In Deutschland wird viel Wert auf Manieren gelegt, aber das bedeutet oft nicht mehr, als den Unterschied zwischen Kuchengabel und Fischmesser zu kennen [...], es bedeutet nicht, Rücksicht zu nehmen, andere nicht zu verletzen, was doch eigentlich das Wesen der guten Manieren zu sein hat.«

Diese Maxime des guten Benehmens ist der Klüger'sche kategorische Imperativ. Sie selbst hat ihn wahrgenommen, auch mit großen persönlichen Kosten, dafür nur zwei Beispiele: Als Sigrid Löffler im Jahr 2000 aus dem »Literarischen Quartett« ausschied, weil Marcel Reich-Ranicki sie auf untergriffige Weise, und zwar auch als Frau, attackiert hatte, bot man Ruth Klüger deren Nachfolge an; sie hat abgelehnt. Als aber, zwei Jahre später, Marcel Reich-Ranicki in Martin Walsers Schlüsselroman *Tod eines Kritikers* sehr perfide als korrupter jüdischer Großkritiker dargestellt worden war, schrieb Ruth Klüger eine Rezension, mit der sie ihre jahrzehntelange Freundschaft zu Martin Walser kündigte; wie schmerzhaft das war, ist in *unterwegs verloren* nachzulesen. In beiden Fällen hat Ruth Klüger einen Preis bezahlt, einen materiellen und einen immateriellen; ihre Reaktionen sind aber die Lackmusproben auf eine Einstellung, die besagt: Du darfst nicht aufgrund deines Frau-Seins oder deines Jude-Seins angegriffen werden; falls doch, gehört dir meine ungeteilte Loyalität.

Ruth Klüger hat sich lebenslang an diese guten Manieren gehalten. Umso schmerzlicher, dass das Germanistische Institut der Universität Wien, an dem sie 2003 eine Gastprofessur hatte, gerade in puncto des guten Benehmens nicht gut abgeschnitten hat. Liebe Ruth, ich habe mir lange überlegt, ob ich diesen Punkt hier zur Sprache bringen soll, aber ermutigt durch deine eigene Unerschrockenheit tue ich es also. Insgesamt sechs Jahre lang Institutsvorständin in Salzburg und Wien, kann gerade ich ermessen, wie ungastlich eine österreichische Wissenschaftsinstitution mitunter erscheinen mag: Bis über den Kopf mit Administration, Lehre, Drittmitteleinwerbung und Publikationen beschäftigt, haben wir viel zu wenig Zeit, uns Gästen zu widmen und uns mit deren Forschung auseinanderzusetzen. Eine Massenuniversität wie die unsere mag mitunter auch den eigenen Mitarbeiterinnen und Studierenden als anonym und unfreundlich erscheinen. Es bleibt aber darüber nachzudenken, ob sich die Sachzwänge nicht auch durch individuelle Akte überspringen lassen – zugunsten einer Uni, die wir alle vor Augen haben: als zugänglicher, gastfreundlicher und offener Ort einer interessierten und aufnahmebereiten Community. Die Universität Wien, so wie sie war, ist meine persönliche Alma mater, auf Gedeih und Verderb, und Ruth Klüger versteht am besten, dass bei innigen Mutterbindungen auch die betreffenden Neurosen nicht fehlen. Zur Geschichte dieses Hauses gehört es etwa, dass seine erste Ehrendoktorin, Marie von Ebner-Eschenbach, weil Frau, hier nicht hatte studieren dürfen; dass die neue Ehrendoktorin, weil Jüdin, gar nicht mehr in die Lage gekommen ist, hier ein Studium in Erwägung zu ziehen. Zum 650. Geburtstag hat sich dieses Haus aber die Selbstreflexion seiner Geschichte aufgegeben, und es hat sich, das glaube ich sagen zu dürfen, gerade jetzt bei vielen Anlässen um Gastfreundschaft und um das gute Benehmen bemüht, das eben heißt: Man soll sich hier willkommen fühlen. Liebe Ruth, nun schenkt sich die Universität Wien dich selbst als Ehrendoktorin zum Geburtstag. Danke, dass du dieses Geschenk sein willst.

Ruth Klüger
Ortschaften geistiger Freiheit[2]

In Südkalifornien, unweit von meiner dortigen Wohnung, gibt es ein beliebtes Touristenstädtchen namens San Juan Capistrano, eine alte spanische Mission (alt für amerikanische Verhältnisse), wo früher einmal Indios, also Einheimische, beherbergt und zum Christentum bekehrt wurden. Einmal im Jahr wird dort ein merkwürdiges Fest gefeiert: die Rückkehr der Schwalben. Sie sind sehr pünktlich, diese Vögel, man kann mit Sicherheit mit ihnen rechnen. Ankunft Mitte März, Abflug im Oktober. Ich gehe dort gerne hin und schaue den Tänzen und dem Trubel zu, der zu Ehren dieses Geflügels stattfindet, aber ich kann nicht umhin zu fragen: Wie haben das die Vögel verdient? Die kommen doch einfach und hauen wieder ab, wann und weil's in ihre Pläne passt, und wir alle tun, als täten sie uns einen Gefallen. – Heute, hier an der Universität, wo mein Vater, der später (niemand weiß genau wann) irgendwo im Osten (niemand weiß genau wo) von den Nazis erschossen wurde, hier, wo er vor vielen Jahren Medizin studiert hat, hier komme ich mir wie so ein

2 Dankrede anlässlich der Verleihung der Ehrendoktorwürde der Universität Wien.

Zuvogel vor, eine, die herkommt, wenn's warm wird und plötzlich wieder ans andere Ende der Welt abfliegt.

Ich sage mir: Ehrungen, wie Liebesbezeugungen, sind immer unverdient. Man kann sie nicht einfordern, man würde sich lächerlich machen, wollte man vom Mitmenschen verlangen: Um folgender Verdienste willen sollst du mich ehren beziehungsweise lieben. Zuneigung sowie Achtung sind freie Geschenke, ihr Ursprung liegt in der Großzügigkeit der Schenkenden; der oder die Beschenkte kann nur ihrer Einsicht in dieses Verhältnis durch ein Dankeswort Ausdruck verleihen. Dass meine Zugvogelexistenz – von San Juan Capistrano oder, korrekter, von meinem Wohnort Irvine, Kalifornien, nach Wien, hier nicht nur erkannt, sondern anerkannt, gewürdigt wird, sogar mit einer richtigen Urkunde, die meinen Lebensweg bestätigt, das verblüfft, erstaunt und rührt mich.

Wien ist meine Geburtsstadt, die ich immer noch zögere meine Heimatstadt zu nennen, ohne aber meine Zugehörigkeit abstreiten zu können. Letzteres habe ich lange versucht, aber nach vielen Jahren der Entfremdung habe ich dann zögerlich um die österreichische Staatsbürgerschaft angesucht, denn ich dachte mir: Die gehört mir ja, ich hab sie nie weggegeben, genau wie die deutsche Sprache in ihren Wiener Varianten mir gehört, warum sollte ich dann nicht auch den Ausweis haben? Den Pass habe ich auch bekommen und reise gerne damit durch Europa.

So gelang es mir, auf diesem Erdteil wieder Fuß

zu fassen, oder vielmehr zum ersten Mal hier Fuß zu fassen, denn bevor ich als Sechzehnjährige auswanderte, habe ich nicht dazugehört, weder in den Jahren der Verfolgung – das versteht sich –, noch in den Nachkriegsjahren als DP, displaced person. Erst in Amerika erfuhr ich die Sicherheit, die von einem festen, selbst gewählten Wohnort ausgeht, den dir niemand streitig macht. Neu hinzugekommen ist eine Legitimierung der Erinnerung im Austausch mit später Geborenen in einer alten Welt, die halb auch meine ist. Jetzt, als Dreiundachtzigjährige weiß ich, dass man im Leben durch manche Türen gehen kann, ohne sie gleich hinter sich abzuschließen.

Bei dieser Überlegung kam ich ins Grübeln über das Verhältnis von Menschen und Städten, wie stark es doch ist, wie sehr es unser Wesen bildet, unser Denken beeinflusst. Ich bin im Leben sehr viel umgezogen, nicht immer freiwillig, habe an vielen Orten gewohnt. Aber welche Städte hast du verinnerlicht?, fragte ich mich. Da fielen mir vier ein: Wien, New York, Berkeley (Kalifornien) – ja, und dann noch eine vierte, die nicht so greifbar ist als Stadt und doch umfassender als die anderen und auf die ich gleich noch zu sprechen komme. Wien war die erste, mein Deutsch – ich muss es nicht betonen, Sie hören es – stammt aus Österreich. Es ist das Deutsch der jüdischen Mittelklasse meiner Generation, ein wenig veraltet hie und da, es hat nicht alle Häutungen mitgemacht, die eine Sprache im Lauf der

Jahre verändern, denn ich war ja im Lauf der Jahre woanders und habe eine andere Sprache gesprochen. Wien hat meiner Familie übel mitgespielt, und zwischen mir und meiner Geburtsstadt besteht eine Spannung, die man Hass-Liebe nennen kann, aber vielleicht besser eine Schaukel zwischen Ressentiment und Versöhnungsversuch. Auf jeden Fall ein unlösbarer Knoten. Wie vielen anderen Auslandsgermanisten war es mir ganz recht, mich nicht zu spezialisieren, besonders als ich sieben Jahre lang die erste weibliche Herausgeberin des *German Quarterly,* der Zeitschrift der amerikanischen Germanistik wurde, wo man ja alles Mögliche über alles Mögliche wissen musste, und ich habe mich in meiner Karriere mit allen Epochen vom Mittelalter bis zur zeitgenössischen Literatur befasst. Merkwürdig erscheint mir jetzt, wie oft es mich zu österreichischen Autoren hinzog. Ich schrieb über Schnitzler und Hofmannsthal, über Grillparzer und Broch, immer mit dem Gefühl, dass ich ein Verständnis für ihre Werke habe, das tief in die Kindheit und in eine Tradition zurückreicht, die ich gar nicht recht ausloten kann. Ein verschüttetes Wien, das ich aus der Verschüttung ausgraben wollte. Nicht zum ersten Mal. Im Mai 2011 – also vor fast genau vier Jahren – durfte ich auf Einladung der immer liebenswürdigen und von mir bewunderten Präsidentin des Nationalrats, Frau Barbara Prammer, im Parlament die Rede über die Opfer der Naziherrschaft halten, wo ich über Verbrechen gegen die Menschlichkeit und die Menschheit sprach, vor einem Publikum, das bestimmt nicht einstimmig Gefallen fand an allem, was ich zu sagen hatte. Aber ich sprach direkt zu dem einen Menschen, der mir, wie ich mit Sicherheit annahm, zustimmend und aufmunternd zuhörte, nämlich die von uns allen betrauerte Präsidentin. Frau Prammer war in dieser halben Stunde mein Wien, ein starker Magnet, dessen wohltuende Anziehungskraft mir gerade heute wieder präsent ist.

Meine zweite Stadt war New York, die ewige Einwandererstadt, die mit jeder Welle von Emigranten eine neue Maske aufsetzt, hinter der sich aber immer das Gesicht einer Weltoffenheit (»multikulturell« sagte man damals noch nicht, man sagte »melting pot«) verbirgt, die ansteckend ist und für mich als sechzehnjährige Immigrantin neu und beunruhigend und berauschend war. Dort habe ich versucht, meine Vergangenheit und damit auch mein Deutsch loszuwerden. In New York lernte ich auf Englisch schreiben, und merkte erst viele Jahre später, als ich mich entschloss, doch noch Germanistik zu studieren, dass ich in New York nichts »losgeworden« bin, das heißt umgekehrt auch nichts verloren hatte.

Meine dritte »verinnerlichte« Stadt ist Berkeley in Kalifornien. Dort bin ich, nach nicht geringen Zweifeln und nach einem Studium mit wechselnden Fächern, im dritten Anlauf Germanistin geworden. Nebenbei auch die Mutter von zwei Kindern, die ich auf Demonstrationen gegen den Krieg in Vietnam mitgeschleppt habe, denn was in Deutschland und Frankreich 1968 stattfand, ging in Berkeley schon einige Jahre früher los. Unter anderem und vor allem an der Universität – und das ist wichtig –, an meiner Universität, wo man sich von den erdrückenden fünfziger Jahren freizumachen suchte. Ich bin in einer Atmosphäre von Aufruhr und Widerstand promoviert worden. Mein Bild von dem, was so eine Institution auch menschlich sein kann, nämlich großzügig, neugierig, tapfer, ist von Berkeley und seinen Studenten der sechziger Jahre geprägt.

Das bringt mich zu der vierten Stadt, die ich anfangs erwähnte. Die ist keine richtige Stadt, sondern ein virtueller Ort, nämlich die Gemeinde, die Simone Weil, die große französische Philosophin, wohl nicht ohne einen Anflug von Geringschätzung das »akademische Dorf« nannte. Ich meine die merkwürdige internationale und nun wahrlich multikulturelle Gemeinde der Intellektuellen, die an allen Universitäten der Welt lehren und forschen. Diese »Dorfbewohner«, wo immer sie mit ihren Partnern und Kindern hausen, weisen überall Gemeinsamkeiten auf, die sich auf das uralte »Fiat lux«, es werde Licht, beziehen. Zwar hat sich diese weltweite Universität nicht immer bewährt, sie ist, wie andere Institutionen, oft in falschen Ideen befangen gewesen, war manchmal verblendet und oft feige. Das Dorf hat viele Bewohner, die sich auch heute manchmal erbittert bekämpfen. Doch dieses Dorf, diese Gemeinde, hat keine Miliz und schon gar keine Armeen, sie hat keine Kirchen und keine Gefängnisse und stattdessen unendlich viele Postämter und Briefkästen und Kaffeehäuser, wo sich ihre streitbaren Nachbarn begegnen und miteinander Schach spielen. Zu dieser weltweiten Gemeinde wollte ich damals in Berkeley gehören und freundete mich mit der deutschen Kultur, vor der ich ja weggelaufen war, wieder an und habe seither als Vermittlerin deutscher Literatur meinen Lebensunterhalt verdient. Heute darf ich an einem seiner ältesten Marktplätze meines, Ihres Dorfs (650 Jahre!!) stehen und als eine der Bewohnerinnen gelten. Diese Zugehörigkeit ist der beste Preis, den man sich als Geisteswissenschaftlerin wünschen kann. Ich danke Ihnen.

Daniela Strigl

Anleitung zum Unduldsamsein Ruth Klüger: eine Ansicht in sieben Facetten[3]

Das Bild eines Menschen in zwanzig Minuten, das ist eine Unmöglichkeit und eine Zumutung – für das Publikum, aber auch für diesen Menschen. Ich behelfe mir mit einer Hilfskonstruktion und drehe an meinem laudatorischen Kaleidoskop, bis sich sieben Facetten der Ruth Klüger zeigen, die heute hier als Susanne Klüger vor Ihnen säße und den Paul-Watzlawick-Ehrenring verliehen erhielte, wenn nicht – dazu später.

1. Die Überlebende

Wir kennen Ruth Klüger als diejenige, die als Kind und Jugendliche drei KZs überlebt hat, Theresienstadt, Auschwitz, Christianstadt. Viele von Ihnen haben wohl ihren Bericht *weiter leben* gelesen oder haben jedenfalls davon gehört, jenes Buch, mit dem sie 1992, vor 23 Jahren, ihr spätes literarisches Debüt vorlegte

3 Laudatio anlässlich der Verleihung des Paul-Watzlawick-Ehrenrings an Ruth Klüger.

und Furore machte. Seither gilt sie als Kronzeugin für Judenverfolgung und Überlebenswillen und für einen tauglichen Weg, davon zu erzählen. Als solche wurde und wird sie eingeladen, bewundert und geehrt, auch diese heutige Ehrung kommt daran nicht vorbei – eine Überlebende auf Lebenszeit.

Ruth Klüger selbst hat die Rolle des wandelnden Mahnmals nicht verweigert, aber sich sehr wohl dagegen gewehrt, auf sie reduziert zu werden. In ihren Erinnerungen *unterwegs verloren* erzählt sie von ihrem Entschluss, sich die tätowierte KZ-Nummer in einer kalifornischen Nobelklinik weglasern zu lassen. Zuvor freilich musste sie *weiter leben. Eine Jugend* geschrieben haben, als Beglaubigung des Erlebten, als Andenken an die Toten und als Ausweis des Überlebthabens, ein multifunktionales Kunstwerk der Schrift, das die dem Körper aufgezwungene Schrift der Mordbürokratie ersetzte. Jahrelang hatte Ruth Klüger die Nummer auf ihrem linken Arm, in den USA wie in Deutschland, bewusst nicht versteckt, ihre Umgebung damit provoziert, auch ihre jüdischen Bekannten, von denen einige die Existenz der Davongekommenen uneingestanden als Vorwurf empfanden.

Bereits in *weiter leben* zeichnet sich ab, dass seine Autorin gegen den Opfermythos aufbegehrt: Opfer seien keine besseren Menschen und das Konzentrationslager keine moralische Anstalt. Die Ich-Erzählerin verzichtet auf jede Form von Selbsterhöhung, sie legt, ähnlich wie der Mödlinger Anwalt und Büchner-Preisträger Albert Drach, eine Sprachmaske der Kaltschnäuzigkeit an, und sie nimmt die Musealisierung und Didaktisierung des Schreckens aufs Korn, fragt nach der Sinnhaftigkeit eines mustergültig revitalisierten Todeslagers. Auschwitz: »Ein Ort für Geländebewahrer«.

Weder als Autorin noch als Literaturwissenschaftlerin hat Ruth Klüger sich im Rezeptionsghetto des KZ-Opfers einsperren lassen: »Ich komm nicht von Auschwitz her, ich stamm aus Wien. Wien ist ein Teil meiner Hirnstruktur und spricht aus mir, während Auschwitz der abwegigste Ort war, den ich je betrat, und die Erinnerung daran bleibt ein Fremdkörper in der Seele, etwa wie eine nicht operierbare Bleikugel im Leib.«

Mit der Auschwitz-Nummer A-3537 löscht sie zugleich die Punze aus, die ihre gesamte Existenz, ihre berufliche Laufbahn, ihre private Geschichte sichtbar abstempelt. Es ist zuallererst ein persönliches Statement: Überlebende sein ist kein Beruf, keine Lebensaufgabe (obwohl es das in gewisser Weise natürlich schon ist); das Erlittene soll eine Existenz nicht definieren, im Wortsinne von: begrenzen. Denn dann wäre es den Nazis ja gelungen, dem zum Untermenschen gemachten Kind nicht nur die Jugend zu stehlen, sondern ein ganzes Leben.

2. Die Eigensinnige

Wenn es etwas gibt, in dem Selbstbild und Fremdwahrnehmung der Ruth Klüger übereinstimmen, dann ist dies wohl ihr Eigensinn. Diese Frau hatte schon als Mädchen ihren eigenen Kopf, ein gesundes Selbstbewusstsein, ein scharfes Mundwerk. Wahrhaftig und wehrhaft von klein auf, hat Ruth Klüger ihren Eigensinn zur Tugend geadelt und ihn produktiv gemacht. Ihr besonderes Gespür für eigenwillige Themen, für unkonventionelle Gesichtspunkte prägt ihr wissenschaftliches Curriculum, das mit einer Dissertation über das barocke Epigramm begann. Konnte man in der US-Neugermanistik der sechziger Jahre ein exotischeres Thema finden? Das Epigramm ist jene literarische Gattung, die Geist und Widerspruchsgeist, Schärfe und Witz in komprimiertester Form enthält, quasi die Pointe im Festgewand.

Im akademischen Betrieb hat Ruth Klüger sich bei ihren Gegnern bald den Ruf einer Frau erarbeitet, mit der »nicht gut Kirschen essen« ist, ein Etikett, das dessen Trägerin nicht unbedingt von sich weist. Ja, man kann bei ihr sogar eine »Theorie gewalttätigen Verhaltens« nachlesen, eine Anleitung zur adäquaten weiblichen Genugtuung, der freilich eine entsprechende männliche Beleidigung vorangegangen sein muss. Ruth Klüger – die auch eine Abhandlung über den Freiherrn von Knigge geschrieben hat – entwickelt ihre Merksätze anhand eines Vorfalls, der sich während ihrer Zeit als Leiterin des German Departments in Princeton auf einer

Cocktailparty zugetragen hat. »Keine Ohrfeige«, heißt es, »wenn der Kerl nämlich die Ohrfeige verdient, so ist er auch ein Mann, der unter Umständen zurückschlägt.« Am besten: ein Glas Wein oder Bier ins Gesicht, kein Wasser, das wäre zu »unschuldig«. Und: »nur einmal im Leben«, wenn der Anlass es verlangt, »sonst kommst du tatsächlich in den Ruf, ein Flintenweib zu sein«. An der in *unterwegs verloren* geschilderten Szene aus dem akademischen Nahkampf hätte Paul Watzlawick seine Freude gehabt.

Keinesfalls besser als Princeton kommt übrigens die Universität Wien in Ruth Klügers Erinnerungen davon, deren Ehrendoktorat sie gestern entgegengenommen hat. Am Germanistischen Institut hatte sie 2003 eine Gastprofessur inne und nahm das kollegiale Desinteresse (das der Massenbetrieb gebiert) persönlich, fühlte sich ausgegrenzt, im Zweifel nur darüber, ob als Frau oder als Jüdin. Wendelin Schmidt-Dengler, damals Institutsvorstand, empfand diese Passagen als ungerecht, schrieb aber in seiner anerkennenden Rezension, er wolle den »Bericht ernst und zu Herzen nehmen«. Als die Kritik nach seinem überraschenden Tod postum erschien, stand Ruth Klüger, die sich sonst gern zu ihrer »unerschütterlichen Undankbarkeit« bekennt, nicht an, Schmidt-Denglers Noblesse zu würdigen und den Misston zu bedauern.

3. Die jüdische Wienerin

Mit noch nicht sieben Jahren, apropos Eigensinn, beschloss die Tochter des Frauen- und Kinderarztes Dr. Viktor Klüger, nicht mehr Susi heißen zu wollen, sondern Ruth. Das war nach dem »Anschluss«, als mit der kindlichen Begeisterung für Dollfuß' Österreich nichts mehr anzufangen war. Ruth war eindeutig und für alle erkennbar jüdisch, und es war ein Statement der Opposition – gegen den neuen Zeitgeist, aber auch gegen das emanzipierte Laissez-faire-Judentum der eigenen Familie. Unerschrockenheit ist auch eine intellektuelle Tugend.

Als Erwachsene ist Ruth Klüger stets mit großer Selbstverständlichkeit als Jüdin aufgetreten, ebenso selbstverständlich ohne religiöse Grundierung, aber zugleich hat sie sich dagegen verwahrt, etwa als Literaturwissenschaftlerin speziell zur Behandlung jüdischer Angelegenheiten verpflichtet zu sein. Gewiss befasste sie sich mit Lessing und Heine, mit Salomon Hermann Mosenthal und Arthur Schnitzler, mit Theodor Kramer und Rose Ausländer, aber eben genauso gut mit Goethe und Schiller, mit Kleist und Stifter, mit Thomas Mann und Ingeborg Bachmann.

Ruth Klüger hat die Juden einmal als die Walfische des öffentlichen Diskurses beschrieben, einst gejagt bis zur fast totalen Ausrottung, würden die »übriggebliebenen Exemplare« heute sorgsam gepflegt: »Es gibt eine Tendenz in Deutschland, Juden zu sammeln, sie in eine

Schublade, wie zum Aufheben, zu stecken.« Es gibt gottlob keine Schublade, in die man eine Ruth Klüger stecken könnte, sie eignet sich zum Opfer ebenso wenig wie zum Objekt.

Sich selbst hat Klüger mit der ihr eigenen Genauigkeit eine »zwiespältige und halbherzige Österreicherin« genannt und damit nicht nur ihre österreichisch-amerikanische Doppelstaatsbürgerschaft gemeint. Mir erscheint das Wienerische an ihr gewiss nicht weniger zwiespältig, aber noch charakteristischer. Nie hat sie vergessen, dass diese Stadt nach 1938 für sie Feindesland war, und doch wollte oder konnte sie ihre Wurzeln nicht, wie Theodor Kramer gesagt hat, »aus der Erde drehn«. Ruth Klügers literarische Sozialisation im »Tonfall einer vertraut hinterfotzigen Kindersprache«, ihr Wortschatz, ihre Sprachmelodie, ihr Sinn für Zwischentöne und Janusgesichter und nicht zuletzt ihr Humor sind durch und durch wienerisch, jüdisch-wienerisch eben. Den passenden Ahnherrn hat sie ohne falsche Bescheidenheit adoptiert. Zehn Tage vor ihrer Geburt starb Arthur Schnitzler: »Ich denk mir, der hat mir sein Wien vermacht.«

4. Die Germanistin

Nach einer familiären Krise habe sie sich wie ein nasser Hund gefühlt, so erinnert sich Ruth Klüger, der einen warmen Platz sucht, und den habe sie ausgerechnet in der Literaturwissenschaft gefunden. Dabei hatte das Refugium mit einer kalten Dusche begonnen: Mit ihrem Plan, in Berkeley Deutsche Philologie zu studieren, war die Neo-Amerikanerin zunächst abgeblitzt, erst ein Umweg über die Anglistik führte sie zur Germanistik. Warum sie sich der so gründlich kontaminierten deutschen Sprache überhaupt wieder näherte, lag auch daran, dass sie sich als von der Schule gejagtes wissbegieriges Kind die deutsche und österreichische Literatur nachhaltig einverleibt hatte, die Klassik und die Romantik, vor allem die Poesie. Mit der Dichtung des Barock hielt sie sich die allzu nahe Vergangenheit zunächst vom Leib. Später indes ließ sie kaum ein heißes Eisen unergriffen; so untersuchte sie antisemitische Sündenfälle in den Werken bedeutender – auch jüdischer – Meister, als dies noch nicht einem allgemeinen Erkenntnisinteresse entsprach.

In ihren germanistischen Arbeiten führt Ruth Klüger mustergültig vor, wie man eine Disziplin »sozusagen vereidigter Pedanten« aus dem Fachwerk-Elfenbeinturm ins Parterre öffentlicher Aufmerksamkeit holt, ohne an Niveau einzubüßen. Wenn die »ganze Literatur« nichts anderes ist als »ein großer Tratsch«, mit »fast nichts anderem als Liebesaffären und gewaltsamen Todesfällen, Unzucht und Verrat, Opfermut und Feigheit«, dann muss sich auch ihre Wissenschaft die Hände schmutzig machen am Dreck des prallen Lebens. Prätention ist Ruth Klüger fremd, sie liest sehr genau und gern gegen den Strich, ihre Schlüsse sind brillant, zum

Beispiel in einer jüngeren Deutung des *Rosenkavalier*-Librettos von Hofmannsthal als tiefenpsychologische Studie oder in einem grandiosen Aufsatz über Stifters »biedermeierliche Verschanzungen« hinter Innendekor und Meublage. Wenn Ruth Klüger über »Goethes fehlende Väter« nachdenkt, dann scheint der nie verwundene Verlust ihres ermordeten Vaters hindurch.

Die langjährige Herausgeberin der Zeitschrift *German Quarterly* und Vizepräsidentin der Internationalen Germanistenvereinigung meisterte ihren Gegenstand stets mit Neugier, Witz, Streitlust und Einfallsreichtum. Ihr Fachwissen, ihre Belesenheit, ihr analytischer Zugriff sind dabei auf ganz selbstverständliche Weise imposant. Philologie, das ist, wörtlich, die Liebe zum Wort. Klüger vertritt einen Begriff von Literaturwissenschaft, der noch ungeniert auf die Kunst, die Dichtung und die humanistische Bildung abzielt und sich weder mit kulturwissenschaftlicher Grobkörnigkeit noch mit Textsorten und Kommunikationskompetenzen abspeisen lässt.

Ruth Klügers sachliche Leidenschaft, ihre hochansteckende Begeisterung und ihr glasklarer Stil beweisen jedoch, dass sie, ganz im Sinne von Paul Watzlawick, die Wissenschaft selbst auch als kommunikative Fertigkeit betrachtet, als ein Gesprächsangebot an ihr lesendes Publikum.

5. Die Feministin

»Eine gescheite Frau hat Millionen geborener Feinde: – alle dummen Männer.« Dieser Aphorismus stammt von Marie von Ebner-Eschenbach, die 1900 als allererste Frau das Ehrendoktorat der Universität Wien erhielt. Ruth Klüger, nomen est omen, kann, obzwar angeblich unmusikalisch, ein Lied davon singen.

Untrennbar ist die Feministin mit den übrigen Facetten dieser Persönlichkeit verbunden, und zwar früh: Als Kind in Wien besteht die kleine Ruth am Sederabend darauf, als Jüngste den rituellen Spruch zu sagen, den ihr der Cousin als eigentlich Befugter streitig machen will – er verliert.

»Spät habe ich gelernt, mir meine Betroffenheit als Frau beim Lesen und Zuhören einzugestehen«, steht im Titelaufsatz des Bandes *Frauen lesen anders*, ein Eingeständnis als ein paradoxes Zeichen der Souveränität. Frauen lesen von Männern Geschriebenes, von Männern Handelndes anders, weil ihnen anderes wichtig ist als den männlichen Lesern, weil sie sich mit anderen Figuren identifizieren, weil sie anders leben. Früh hat Klüger auch darauf hingewiesen, dass überhaupt nur wenige Texte geschlechtsneutral funktionieren, Fahrpläne zum Beispiel, dass aber der literarische Kanon ein männlicher ist. Weshalb man auch große Autorinnen erst hineinreklamieren muss, Annette von Droste-Hülshoff etwa, deren Gedicht *Am Turme* Ruth Klüger als das »erste und vielleicht das beste feministische Gedicht in deutscher Sprache« deutet: »Wär ich ein Jäger auf freier Flur/ Ein Stück nur von einem Soldaten,/ Wär ich ein Mann doch mindestens nur.«

Schon die zehnjährige Ruth fühlt sich von Schillers Ode *An die Freude* ausgeschlossen: »Alle Menschen werden Brüder« – und dann auch noch: »Wem der große Wurf gelungen/ Eines Freundes Freund zu sein,/ Wer ein holdes Weib errungen/ Mische seinen Jubel ein.« Die Conclusio: »Ein Mensch konnte ich offenbar nicht sein, nur eines Menschen Weib.« Ruth Klüger geht es nicht um Boykott oder Säuberung, sondern schlicht darum, die Dinge beim Namen zu nennen. Die österreichische Bundeshymne wurde bekanntlich inzwischen feministisch umgedichtet, auf die Idee, den Schiller'schen Subtext der Europahymne umzudichten, ist bis jetzt noch niemand gekommen, aber, um einen ketzerischen Gedanken zu äußern, der Text der Bundeshymne stammt ja auch von einer Frau, Paula von Preradović.

6. Die Kritikerin

In einer Kolumne für die Zeitung *Die Welt* hat Ruth Klüger Bücher von Autorinnen rezensiert und hellsichtige Hommagen an Herta Müller oder Margaret Atwood geschrieben, die in dem Band *Was Frauen schreiben* versammelt sind. Sie kann freilich auch anders: Ihren hieb- und stichfesten Verriss von Martin Walsers rachsüchtigem Reich-Ranicki-Roman *Tod eines Kritikers* hat Ruth Klüger als offenen Brief an den Autor formuliert, wissend, dass er das Ende einer wunderbaren Freundschaft bedeuten musste: »Aber der Antisemitismus kommt ja in Deinem Buch gar nicht vor, sagst Du. Eben. Er sollte nämlich vorkommen.«

Ruth Klüger nimmt es genau, sie nimmt manches wörtlich, und sie nimmt alles persönlich. Kritikerin ist sie in einem weiteren, einem umfassenden Sinne: »Meine Art zu schreiben, bei der mir der Begriff Kritik, das heißt Unterscheidung, der wichtigste ist, irritiert.« Gegen Sentimentalitäten und »Edelkitsch«, insbesondere gegen »KZ-Kitsch« ist Klüger allergisch. Auch als Rezensentin zerpflückt sie ihren Stoff mit Freude am Differenzieren und mit kühner Unzimperlichkeit. Dass sie mit ihrer Parodie auf ein »abstruses« Gedicht von Paul Celan Befremden hervorrief, kommentiert sie trocken: »Über Gott und Goethe darf man lästern, der Autor der *Todesfuge* ist unantastbar.«

Kritik, das führt Ruth Klüger vor, verdient diesen Namen nur, wenn sie kein Denkverbot akzeptiert. Ihr Zielgebiet liegt jenseits der Phrase. Die Überschreitung vorgegebener Grenzen gelingt Ruth Klüger nicht selten mit Hilfe von Ironie, mitunter auch Sarkasmus: »Manchmal blühe ich geradezu auf, wenn ich boshaft sein kann.« Dabei ist sie sich des Klischees bewusst: »Frauen haben Humor, wenn sie über die Witze der Männer lachen, nicht wenn sie selbst welche erzählen.« Schon die Droste befand: »Nichts kläglicher als Humor in engen Schuhen.«

Der Witz der Frau Professor Klüger lässt sich nicht einzwängen in das Korsett des guten Tons und der harmlosen Heiterkeit. Diesbezüglich schneidet Österreich in ihren Augen im Vergleich mit Deutschland und seinem ehrfürchtigen Bierernst besser ab: Hierzulande wird der agonale Eros, die Lust am verbalen Scharmützel, doch eher verstanden – und genossen.

7. Die Dichterin

Unsentimentale Reise hat Albert Drach seinen Bericht von Flucht und Verfolgung genannt. Eine verstörend unsentimentale Reise unternimmt auch Ruth Klüger in ihrem späten Erstling. In ihrem unbedingten Bemühen um Ehrlichkeit schafft sie eine Erinnerung voll Ambivalenz, schnoddrig und todtraurig, ergreifend und lapidar. *Weiter leben* ist eine intellektuelle Vivisektion am eigenen Leib und zugleich eine Diagnose der deutsch-österreichischen Nachkriegsbetäubung. Martin Walser hat die Erzählerin »vehement und unbequem« genannt und gemeint: »So hart (= genau) und dabei so leicht (= schön) schreibt außer dir niemand.«

Vor *weiter leben* verstand Ruth Klüger sich in erster Linie als Lyrikerin. Immer sind Dichter ja zuallererst Leser von Gedichten. Als Germanistin und Kritikerin hat Ruth Klüger einen Schwerpunkt ihrer Arbeit dort, wo viele Kollegen aus Angst vor dem schwer Fassbaren die Flucht ergreifen. Die Liebe zum Gedicht war ihr früh eingepflanzt, als Liebe zum Rhythmus, zum Reim, zum Klang. In den Zeiten äußerster Not hielt sie sich fest an der Form des inwendig gesicherten Auswendigen, an der gebundenen Sprache als Behauptung innerer Freiheit (wie dies ähnlich Herta Müller berichtet, die die Verse Theodor Kramers als herzstärkendes Mittel gegen die Repressalien der Securitate zu sich nahm). Der Mensch lebt nicht vom Brot allein, und geistige Nahrung dient der Widerstandskraft. Im KZ begann Ruth Klüger zu dichten, und ihre Gedichte wurden mit ihr erwachsen, spröd und sperrig, ihre Schönheit ist mit Bedacht beschädigt, beschmutzt, unreine Terzinen sind es, Fragmente einer klassischen Form; sie behaupten ihr Feld, jenen »Experten in Sachen Ethik, Literatur und Wirklichkeit«, »Adorno vorweg«, zum Trotz, die Auschwitz als Grenzmarke für das Dichten bestimmt haben.

Das markante Lebenswerk der mindestens siebenfältigen Ruth Klüger eröffnet uns eine geistige Modelllandschaft mit tragfähigen Brücken zwischen Wissenschaft und Poesie. In dem aufregend intimen Band *Zerreißproben* erweitert Ruth Klüger ihre Dichtung als eine Form der Aussprache mit sich selbst für ihre Leser, indem sie sie kommentiert. Das Gedicht *Heldenplatz* endet mit dem Vers: »Auf dem Galgenplatz blüht jetzt der Flieder«. – Und die Autorin sagt: »Das ist vielleicht das richtige Symbol für mein Leben.«

Dem ist nichts hinzuzufügen, außer einem herzlichen Glückwunsch zu dieser Auszeichnung!

Ruth Klüger
Geschichten erzählen[4]

Neulich sprach ich mit einem Herrn, der mir erklärte, er lese zwar sehr viele Bücher, aber niemals Romane. Von den Büchern über Wirklichkeit und Wissenschaft, mit denen er sich abgebe, könne man was lernen, aber erfundene Geschichten seien eine Zeitverschwendung für den ernsthaften Bürger. Obwohl seine Geringschätzung sich ausdrücklich auf die Gattung Romane bezog, so forderte mich seine wegwerfende Bemerkung doch eigentlich heraus, die ganze Belletristik, also die Literatur schlechthin, in Schutz zu nehmen. Dass es eine scharfe Grenze zwischen der »wirklichen« Wirklichkeit und den Hirngespinsten der Fantasie gebe, war ihm eine Selbstverständlichkeit, auf die man, wie er meinte, nicht weiter eingehen müsse.

Ich hätte ihm eine konstruktivistische Antwort geben sollen, nämlich dass die Wirklichkeit, die wir zu sehen glauben, immer eine erfundene Wirklichkeit ist, dass es die vermeintlich objektive Wirklichkeit in Reinkultur gar nicht gebe, zumindest nicht im menschlichen Gehirn, sondern nur die, welche vom Beobachter einer

4 Dankrede anlässlich der Verleihung des Paul-Watzlawick-Ehrenrings.

Situation oder eines Zustands konstruiert beziehungsweise »erfunden« wird, also eine subjektive Wirklichkeit. Das Wissen ist vom Erfinden abhängig, lehrt uns der Konstruktivismus. Das sei der Grund, hätte ich ihm sagen sollen, warum wir erfundene Geschichten so dringend brauchen.

Leider fiel mir aber in dem Augenblick nur ein, mein Gegenüber seinerseits herauszufordern, mit der Frage, ob er denn alle Fiktionen konsequent vermeide, ob er zum Beispiel nie ins Kino gehe und kein Gefallen an Spielfilmen habe, ob er vielleicht am Fernsehen immer nur die Nachrichten sehenswert finde (also diese sogenannten Wirklichkeiten, an die sich die meisten Leute nach sehr kurzer Zeit nicht mehr erinnern können). Ich kenne nur wenige Menschen, die mir eine ehrlich negative Antwort auf diese Frage über Filme geben würden. Denn wir beziehen unseren Bedarf an erfundenen Geschichten heutzutage immer mehr von den visuellen Medien. Ich spreche absichtlich von »unserem Bedarf«. Denn der Kern der Sache ist, dass in allen Zivilisationen, von denen wir wissen, die Menschen einander Geschichten erzählt haben, mündlich oder schriftlich, auf Steintafeln oder auf gebundenem Papier, heutzutage auf der Leinwand und jetzt auch elektronisch, manchmal mit dem Anspruch, heilige Schriften zu sein, dann wieder als ernsthafte aber nicht heilige Mythologie, oder auch als Märchen und heiterer Schwindel. Manchmal mündlich auf Marktplätzen oder im Theater; zu Hause vor versammelten Kindern oder im Gotteshaus vor andächtiger Gemeinde. Manchmal gesungen, meistens gesprochen, manchmal in Versen, dann wieder in Prosa. Manchmal strafbar und verboten, aber doch nicht unterzukriegen. Romane und Spielfilme sind nur eine kleine Unterabteilung dieser nicht abbrechbaren Entwicklung der menschlichen Erzählfreudigkeit, diesem Verlangen nach konstruierten Wirklichkeiten. Der Konstruktivismus, wie ich ihn mit laienhafter Beschränkung verstehe, kommt diesem Verlangen entgegen.

Aleida Assmann hat in ihrer Dankrede für die Ehrung, die mir heute zuteil wird, das menschliche Bedürfnis, Geschichten zu erfinden und zu erzählen vorausgesetzt und ihren sozialen Zweck so gedeutet: »Im kollektiven Gedächtnis werden mentale Bilder zu Ikonen, und Erzählungen zu Mythen … Solche Mythen lösen die historische Erfahrung von den konkreten Bedingungen ihres Entstehens weitgehend ab und formen sie zu zeitenthobenen Geschichten um, die von Generation zu Generation weitergegeben werden. Wie lange sie weitergegeben werden, hängt davon ab, ob sie gebraucht werden.«

Das Schlüsselwort ist gebraucht, brauchbar. Sie merken: Die Voraussetzung ist, dass sie gebraucht werden. Die Frage ist nicht ob, sondern nur welche Geschichten werden gebraucht und wie lange gerade diese Fantasien gebraucht werden. Manche halten sich erstaunlich lange, erläutert Assmann, andere werden abgestreift und es kommen neue, es kommen andere, die brauchbarer sind für ein neues Zeitalter.

Was hat nun die anspruchsvolle Literatur, die ja als

Germanistik mein Fach ist, beizutragen? Ich schlage kühn vor, Franz Kafka zum Konstruktivisten der deutschen Literatur par excellence zu ernennen. Ein negativer Konstruktivist, wenn man so will, denn in seinem Werk verschwimmen Wirklichkeit und Wahrnehmung in einer von Angst aufgeladenen und zerrütteten Welt. In seinen Geschichten kann man die unheimliche Seite konstruktivistischer Lebenserfahrung kennenlernen und nachvollziehen.

Ein Beispiel: Es gibt einen Kafka-Text, in dem ein ähnlicher Herausforderer wie mein Bekannter, der Romane verachtete, von Parabeln, von Gleichnissen, redet und wegwerfend konstatiert: »Alle diese Gleichnisse wollen eigentlich nur sagen, dass das Unfassbare unfassbar ist, und das haben wir gewusst. Aber das, womit wir uns jeden Tag abmühen, sind andere Dinge.«

Das heißt, hier wird die Realität, »das, womit wir uns jeden Tag abmühen«, gegen die Fiktion ausgespielt und die Fiktion, die hier in der Spielart des Gleichnisses vertreten ist, wird abgewertet. Der Verächter des Gleichnisses meint, dass das Gleichnis ihm nichts zu sagen habe, er habe andere Sorgen. Darauf antwortet ein Vertreter der erfundenen Wahrheit in Kafkas Erzählung:

»Warum wehrt ihr euch? Würdet ihr den Gleichnissen folgen, dann wäret ihr selbst Gleichnisse geworden und damit schon der täglichen Mühe frei.«

Aha, hier wird's schwieriger. Etwas Übernatürliches, vielleicht sogar Mystisches, schwingt in dieser Aufwertung des Gleichnisses mit. Schlägt der Sprecher vor, man soll sich von der objektiven mühseligen Wirklichkeit frei machen und in der Fantasie, das heißt in der Fiktion, glücklich werden? Nicht so schnell. Denn nun sagt ein anderer:

»Ich wette, dass auch das ein Gleichnis ist.«

Der Erste sagte: »Du hast gewonnen.«

Der Zweite sagte: »Aber leider nur im Gleichnis.«

Der Erste sagte: »Nein, in Wirklichkeit; im Gleichnis hast du verloren.«

Haben Sie noch den Faden in der Hand? Spinnt uns der Kopf ein wenig? Diese Geschichte ist auf keinen eindeutigen Nenner zu bringen. Wo ist hier Anfang und Ende? Wirklichkeit und Gleichnis konfrontieren einander, und nur einer von den beiden kann recht haben, kann die Wette gewinnen. Oder doch nicht. Und wenn ja, welcher? Wir suchen umsonst irgendeinen Zipfel, der aus dem Labyrinth herausführt. Oder zumindest zum Anfang zurückführt? Oder geben es auf und sagen, ist doch nur ein Witz. – Dieses Geplänkel über die Gleichnisse ist aber eher ein literarischer Möbiusstreifen, so eine Schleife mit verdrehten Enden, man weiß nicht, wo oben und unten ist, und noch weniger, was innen und außen ist, wunderschön dargestellt in den Drehungen des goldenen Rings, den Sie mir heute verliehen haben. Die Wirklichkeit gibt es zwar (»das, was uns abmüht«, heißt sie), aber wo ist ihr verdammtes Gegenteil, wenn subjektiv und objektiv verschwimmen und ineinander übergehen? Dem Möbiusstreifen sieht man's an. Er ist eine zweidimensionale Struktur, die nur eine Kante und eine Fläche hat. Ein Rätsel in der Topologie ist so ein Möbiusstreifen, dessen Lösung neue Rätsel aufgibt. Wie Kafkas Fabel.

Aber er war ja keineswegs der Erste. Deutsche Dichter, Klassiker wie Romantiker, sprechen hartnäckig von »Vergänglichkeit«, sind geradezu verliebt in das Vergängliche, womit sie jene scheinbar objektive und scheinbar festgemauerte historische Wirklichkeit infrage stellen. Mit dem Wort »vergänglich« weisen sie ja darauf hin, dass diese Wirklichkeit sich immerfort verändert.

Na ja, Kafka, werden Sie sagen. Großer Schriftsteller, ein Genie, aber ein verrückter, verängstigter Querkopf. Was kann man da erwarten?

Da möchten wir uns lieber von Kafka abwenden und uns an Goethe halten, der immer wusste, wo's langgeht und mit beiden Beinen auf dem Boden der Wirklichkeit stand. An Goethe, der die Aufklärung von Jugend an als eine Selbstverständlichkeit mit sich trug wie wir unsere Armbanduhren und dem keine Verwechslung von gelebtem und verklärtem Leben durchgegangen wäre.

Beispiel: Ich zitiere jetzt den alten Goethe, wie er den alten Faust im zweiten Teil der Tragödie über den vernünftigen Menschen sagen lässt:

»Er stehe fest und sehe hier sich um;
Dem Tüchtigen ist diese Welt nicht stumm.
Was er erkennt, lässt sich ergreifen.
Er wandle so den Erdentag entlang.« (Vers 11445ff.)

So lässt der alte Goethe den alten Faust den Sinn

des Lebens zusammenfassen. Richtig? Nein, falsch. Denn noch im selben Akt wird dieses Bekenntnis zur Tüchtigkeit und zur ergreifbaren Welt umgekehrt. In der Szene »Grablegung« ist Faust gestorben, und der Teufel, der sich diese kostbare Seele mit schwerer Arbeit und in langen Jahren redlich verdient hat, wird von himmlischen Geistern um seinen Lohn geprellt. Mit Hilfe von »dirty tricks«, nämlich homosexueller Verführung, entreißen sie dem armen Mephisto, was rechtmäßig sein ist. (»Sein erworbnes Recht« nennt er es):

»Mir ist ein großer einziger Schatz entwendet
Die hohe Seele, die sich mir verpfändet,
Die haben sie mir pfiffig weggepascht.« (11829–11831)

In der nächsten und letzten Szene, »Bergschluchten« genannt, wird nun das, was eben noch fest war, in feierlicher Umkehr als Gleichnis bezeichnet. Die letzten Verse von Goethes größtem Werk sagen aus:

»Alles Vergängliche
Ist nur ein Gleichnis.«

So zieht Goethe, den ich immer noch vor allem als den deutschen Aufklärer par excellence sehe, am Ende seines Lebens und am Ende von Faust II der Wirklichkeit, wie wir sie verstehen, den Boden unter den Füßen weg und wird zum Konstruktivisten. Wie bei Kafka haben wir es mit Gleichnissen und ihrer Bedeutung, mit ihrem Widerstand zu ihrem Gegenteil zu tun. In der Bergschluchtenszene ist nur das unscharf wahrgenommene, mystisch verklärte und in Mythen Festgehaltene, und nicht die festen Füße des »Tüchtigen« am nächsten Tag dasselbe, das es gestern war.

»Das Unzulängliche,
Hier wird's Ereignis;
Das Unbeschreibliche,
Hier ist's getan.«

Es sind Spiegelungen der Wahrnehmung: bei Goethe ist auf einmal die Wirklichkeit selbst (»alles Vergängliche«) zum Gleichnis geworden, und ihr Gegensatz, das Subjektive, das, was er »das Unzulängliche« nennt, ist – was? – das, was sich ereignet, was getan ist, wie er es ausdrückt, und ist erstaunlicherweise im Bereich der Mystik zu Hause. Normalerweise kann ja gerade das, was getan wird, adäquat beschrieben werden. In Umkehrung unserer üblichen beschreibbaren Wahrheit, ist die Wirklichkeit des »Tüchtigen«, wie Faust ihn eben noch lobend genannt hat, plötzlich unbeschreibbar. Wir landen, wie bei Kafka, im Labyrinth. Wie bei Kafka, doch heiterer. Bei Goethe siegen immerhin die guten Geister, wenn auch mit reichlich unsauberen Mitteln, was den Sieg der Himmlischen wiederum ins Komödienhafte zu verzerren droht. Eine Art von literarischem, fast operettenhaftem Konstruktivismus, der wienerisch anmuten würde, wenn wir nicht wüssten, dass Goethe aus Frankfurt stammte. (Zu unserem Trost stammte Paul Watzlawick aus Villach.)

Fazit: Die Lust, mit der alle Menschen Geschichten erzählen, hören, erfinden, durchspielen, ist kein müßiger Zeitvertreib, sondern die ebenbürtige Schwester der Wissbegierde. Im menschlichen Denken verschmelzen Erzählfreude und Wissensdurst. Die erfundene Wirklichkeit, die sich ja besonders glänzend in der Literatur offenbart, spielt mit einer Möbiusschleife, die das Gewesene abrollt, neu verarbeitet und in die Zukunft deutet, während sie das Gegenwärtige wie die Katze den Wollknäuel vor sich hinrollt. Das hätte ich dem Herrn erwidern sollen, der sein Leben nicht mit dem Lesen von Romanen verschwenden wollte. Gleichnisse und die Wollknäuel der Katzen hätte ich ihm anbieten und ihm nahelegen sollen, dass Geschichten erzählen oder sie zu hören und zu lesen nicht nur eine Lust und eine Freude, sondern eine Notwendigkeit sei.

Die Autorinnen und Autoren

Hubert Christian Ehalt, geboren 1949, Sozial-, Kultur- und Kunsthistoriker und historischer Anthropologe. Professor für Sozialgeschichte an der Universität Wien und für Kulturgeschichte an der Universität für angewandte Kunst Wien, Honorarprofessor an der Technischen Universität. Wissenschaftsreferent der Stadt Wien, seit Frühjahr 1987 Initiator und Planer der Wiener Vorlesungen, des Dialogforums der Stadt Wien, Generalsekretär von fünf städtischen Wissenschaftsförderungsfonds, Präsident der Gesellschaft der Freunde und Ehrenmitglied der Österreichischen Akademie der Wissenschaften, Leiter des Instituts für historische Anthropologie. Forschungsschwerpunkte: Wissens- und Wissenschaftsgeschichte, Sozial-, und Mentalitätsgeschichte Wiens in der Neuzeit, Kultur-, Zivilisations- und Alltagsgeschichte (17.–20. Jh.) und Gesellschaftsgeschichte der bildenden Künste. Zahlreiche Publikationen in diesen Bereichen.

Konstanze Fliedl studierte Deutsche Philologie, Kunstgeschichte und Theologie in Wien; ab 1997 Dozentin für Neuere deutsche Literatur an der Universität Wien, von 2002–2007 Professorin für Neuere deutsche Literatur an der Universität Salzburg, seit 2007 an der Universität Wien. Zahlreiche Publikationen vor allem zur österreichischen Literatur des 19. und 20. Jahrhunderts. Seit 1999 Präsidentin der Arthur-Schnitzler-Gesellschaft; Herausgeberin der Historisch-kritischen Schnitzler-Ausgabe (Frühwerk). 1999 erhielt sie den Österreichischen Staatspreis für Literaturkritik, 2013 den Preis Ars docendi. Seit Mai 2014 ist sie wirkliches Mitglied der Österreichischen Akademie der Wissenschaften.

Ruth Klüger, 1931 in Wien geboren, wurde 1942 nach Theresienstadt deportiert, von dort nach Auschwitz und in weitere Lager. 1945 Ausbruch aus dem Lager, 1947 Emigration in die USA. 1965–1995 Hochschullehrerin für deutsche Sprache und Literatur in Cleveland, Kansas, Virginia, Princeton und Irvine. 1992 erschien ihr vielfach preisgekröntes Buch »weiter leben – Eine Jugend«. Zahlreiche Publikationen zur deutschen Literatur. Im Picus Verlag erschien »Dichter und Historiker: Fakten und Fiktionen«, »Schnitzlers Damen, Weiber, Mädeln, Frauen«, »›Ein alter Mann ist stets ein König Lear‹. Alte Menschen in der Dichtung« sowie » Freuds Ödipus im androgynen Rosenkavalier« in der Reihe Wiener Vorlesungen.

Daniela Strigl, geboren 1964 in Wien, studierte Germanistik ebenda und promovierte über Theodor Kramer. Literaturwissenschaftlerin, Essayistin und Kritikerin u.a. für *Der Standard*, *FAZ*, *Die Welt*. 2005 Scholar in Residence an Rutgers, N. J. State University. Seit

2007 lehrt sie an der Universität Wien Neuere deutsche Literatur. Von 2003 bis 2008 sowie 2011 bis 2014 war sie Jurorin beim Ingeborg-Bachmann-Preis. 2009 war sie Jurorin beim Deutschen Buchpreis und 2013 bis 2015 Mitglied der Jury für den Preis der Leipziger Buchmesse. Seit 2009 ist sie auch Mitglied in der fünfköpfigen Jury des Franz-Tumler-Literaturpreises. Auszeichnungen u. a.: Österreichischer Staatspreis für Literaturkritik (2001), Max-Kade-Essaypreis (2007), Alfred-Kerr-Preis (2013), Berliner Preis für Literaturkritik (2015).

Die Wiener Vorlesungen im Picus Verlag
Eine Auswahl

Aleida Assmann
Auf dem Weg zu einer europäischen Gedächtniskultur?
Band 161, 70 Seiten, ISBN 978-3-85452-561-5
E-Book (Format: epub) ISBN 978-3-7117-5103-4

Aleida Assmann
Generationsidentitäten und Vorurteilsstrukturen in der neuen deutschen Erinnerungsliteratur
Band 117, 60 Seiten
Nur als E-Book lieferbar: ISBN 978-3-7117-5139-3

Jan Assmann
Die Zauberflöte. Eine Oper mit zwei Gesichtern
Band 179, 104 Seiten, ISBN 978-3-85452-579-0
E-Book (Format: epub) ISBN 978-3-7117-5290-1

Jan Assmann
Monotheismus und die Sprache der Gewalt
Band 116, 63 Seiten, ISBN 978-3-85452-516-5
E-Book (Format: epub) ISBN 978-3-7117-5082-2

Leon Botstein
Freud und Wittgenstein. Sprache und menschliche Natur
Band 148, 64 Seiten, ISBN 978-3-85452-548-6
E-Book (Format: epub) ISBN 978-3-7117-5024-2

Konstanze Fliedl · Evelyne Polt-Heinzl · Reinhard Urbach
Schnitzlers Sprachen der Liebe
Band 147, 78 Seiten, ISBN 978-3-85452-547-9

Eric J. Hobsbawm · Hubert Christian Ehalt
Kunst und Kultur am Ausgang des 20. und am Beginn des 21. Jahrhunderts
Band 61, 88 Seiten, ISBN 978-3-85452-361-1

Roland Innerhofer · Evelyne Polt-Heinzl
Peter Altenberg – prophetischer Asket mit bedenklichen Neigungen
Band 155, 72 Seiten, ISBN 978-3-85452-555-4
E-Book (Format: epub) ISBN 978-3-7117-5025-9

Ruth Klüger
Freuds Ödipus im androgynen Rosenkavalier
Band 163, 56 Seiten, ISBN 978-3-85452-563-9
E-Book (Format: epub) ISBN 978-3-7117-5100-3

Ruth Klüger
Dichter und Historiker: Fakten und Fiktionen
Band 73, 52 Seiten, ISBN 978-3-85452-373-9
E-Book (Format: epub) ISBN 978-3-7117-5143-0

Ruth Klüger
»Ein alter Mann ist stets ein König Lear«. Alte Menschen in der Dichtung
Band 104, 54 Seiten
Nur als E-Book lieferbar: ISBN 978-3-7117-5144-7

Ruth Klüger
Schnitzlers Damen, Weiber, Mädeln, Frauen
Band 79, 61 Seiten
Nur als E-Book lieferbar: ISBN 978-3-7117-5145-4

Jacques Le Rider
Wien als »Das neue Ghetto«? Arthur Schnitzler und Theodor Herzl im Dialog
Band 171, 64 Seiten, ISBN 978-3-85452-571-4
E-Book (Format: epub) ISBN 978-3-7117-5196-6

Margarete Mitscherlich
Autobiografie und Lebenswerk einer Psychoanalytikerin
Band 118, 56 Seiten, ISBN 978-3-85452-518-9
E-Book (Format: epub) ISBN 978-3-7117-5081-5

Carl E. Schorske
Eine österreichische Identität: Gustav Mahler
Band 51, 55 Seiten, ISBN 978-3-85452-350-5

Brigitte Studer
1968 und die Formung des feministischen Subjekts
Band 153, 56 Seiten, ISBN 978-3-85452-553-0
E-Book (Format: epub) ISBN 978-3-7117-5027-3

Rudolf Taschner
Musil, Gödel, Wittgenstein und das Unendliche
Band 87, 54 Seiten, ISBN 978-3-85452-387-1
E-Book (Format: epub) ISBN 978-3-7117-5080-8

Edward Timms
Karl Kraus und der Kampf ums Recht
Band 112, 60 Seiten, ISBN 978-3-85452-512-7

Gottfried Wagner
Erlösung vom Erlöser? Israel und Richard Wagner
Band 128, 64 Seiten, ISBN 978-3-85452-528-8

Manfred Wagner
Franz Liszt – ein Universalist zeigt den Weg in die Zukunft
Band 164, 56 Seiten, ISBN 978-3-85452-564-6
E-Book (Format: epub) ISBN 978-3-7117-5099-0

Karl Wagner
»Er war sicher der Begabteste von uns allen«. Bernhard, Handke und die österreichische Literatur
Band 150, 46 Seiten, ISBN 978-3-85452-550-9

Paul Watzlawick
Vom Unsinn des Sinns oder vom Sinn des Unsinns
Band 16, 80 Seiten, ISBN 978-3-85452-315-4
E-Book (Format: epub) ISBN 978-3-7117-5079-2

Hans-Ulrich Wehler
Literarische Erzählung oder kritische Analyse? Ein Duell der gegenwärtigen Geschichtswissenschaft
Band 131, 54 Seiten, ISBN 978-3-85452-531-8
E-Book (Format: epub) ISBN 978-3-7117-5153-9